이현정 열한 번째 시집

통일멀미

국립중앙도서관 출판예정도서목록(CIP)

통일멀미 : 이현정 열한 번째 시집 / 지은이 : 이현정. -- 서울 : 한누리미디어, 2018
p. ; cm

이현정의 본명은 "이현숙" 임
ISBN 978-89-7969-774-2 03810 : ₩12000

한국 현대시 [韓國現代詩]

811.7-KDC6
895.715-DDC23 CIP2018013175

이현정 열한 번째 시집

통일멀미

한누리미디어

작금을 통해 비핵화란 말이 지금처럼 절실한 때도 없었지요. 그 말에 따른 진정성 역시 이렇게 엄청난 목마름을 부추긴 적도 없었다는 느낌입니다. 세상물정 모르고 사는 소시민 입장이 이러하거늘 국제정세에 민감한 우리의 정치판이야 거의 살얼음판이겠지요.

역사적인 남북정상 만남을 앞두고 국빈만찬 수준이라는 호들갑들이어서 국민적인 울분이 스며있는 판문점에 지레 경사라도 난 모양새라 여겼는데 막상 의제가 테이블에 오른 시점이 되었군요.

참으로 착잡한 순간이 분침소리를 내는가 싶습니다.

세계 이목이 쏠린 때일수록 언행을 삼가 진보와 보수가 똑같이 신중해야 하는데 말이 구정물을 튀기는 현상은 공개현장 장면이 되고 있습니다. 우리가 지켜야 할 품격은 열강들의 힘도 어쩌지 못하는 우리만의 자산이자 유산이건만.

부디 몸도 하나요, 마음도 하나인 한반도에 우리 모두 하나같이 살아남아 통일조국에 이바지한 젊은이들의 넋을 따뜻이 품어 안고 기억해야 할 것입니다. 역사를 병들게 한 분단의 상처는 살아남은 이들의 성실과 끈기로 치유할 책임이 있으니까요.

불을 토하던 입에서 물기 머금은 소리가 나오고 변화가 우리를 새롭게 한다는 자각을 일깨울 겨를도 없이 얼어붙었던 긴장이 녹아내리며 들뜬 봄이 한창인 이즈음입니다. 계절에 어울리도록 나와 남을 함께 가꾸는 일에 열심이어야 하겠습니다.

미진하나마 한 시대를 살아온 양심에 거리낌이 없도록 오지랖 넓은 시집을 묶게 되었습니다. 본의 아니게 허물을 들추고 상처를 건드리는 일이 잦았지만 멀리 내다보는 교훈을 삼고자 함이었어요.

바야흐로 노을빛에 물든 서러움이 속 깊은 울음을 울지만 슬픔조차 아름다운 여운 같은 것이 노년이라 하겠습니다.

겉으로 웃으며 속으로 울며 대체로 그렇게들 산다 할지라도 자기만이 아는 숨을 쉬고 자기가 아니면 아니 되는 생각을 품은 우리는 각자 세상에 하나뿐인 보물입니다. 하루하루가 축복인 가운데 여러분 건강하세요.

2018년 전등사로 74의 16

이 현 정 올림

차례

제 1 부

또

제 2 부

파도 따기

Contents

제3부 한 방을 쓴다

제4부 바람을 연주하는 눈발

차례

제 5 부

거룩한 용사

제 6 부

초록빛 숨결

Contents

제 7 부
놀라운 세상

제 8 부
귀소본능

차례

제 9 부

순한 갈등

제 10 부

어둠의 이해

Contents

제 11 부

어명이오

제 12 부

길 위의 기쁨

제 1 부

또

봄의 소용돌이

삼월에 내리는 진눈개비는
봄을 서둘다가 실밥 터진 겨울이야기다.

빗물이다가 눈발이다가
기어이 함박눈 내려

서울의 겨울 속 출렁다리 흔들리니
진로변경 아니면 속도조절 같아서

설렘을 꾸짖다가
봄을 다스리는 삼월의 은밀한 이야기다.

눈이랑 나랑

이승! 이승! 읊조리는 눈이 내린다
저승에는 없다는 말이 된다.

세상살이 어지러운 눈밭 속에서도
눈으로 태어난 눈송이 흥겨워

검은 겨울 근심을 하얗게 잊고
마냥 머물고 싶은 나랑 닮았다.

멀어지기 마련인 사랑에 속고
이별을 굳히는 세월이 가도

철 따라 사는 낙을 널리 일깨워
두루 행복한 눈이 쌓인다.

축제의 길

한 해 한 차례 열리는 꽃길
벚꽃 길의 아름다움은
눈에 삼삼한 현기증이다.

터지게 웃는 웃음꽃이 뭉치니
아지랑이 피어오르는 가슴 속에 아우성이다.

꽃잎이 떨어져도
이별의 이야기라 생각하지 않고
돌아올 기약이라 믿는 사람들이
여유를 부리는 축제의 길 흥겨워라.

여명(黎明)

어쩌다 지켜본 여명은
깊고도 뿌듯한 우주의 감회다.

긴장이 서려 있는 푸른 빛은
회복기를 거쳐서야 온화해지고

혼수상태를 빠져나온 구름이
비장한 빛의 배웅을 받는다.

천지간에 자유가 지루하지 않게
인간이 있어 여명이 이리도 엄숙하다.

통일멀미

쇠뿔도 단 김에 뺀다고
북핵도 급한 김에 빠지나 보다.

강대국 입김이 풍랑을 일으켜
멀미하던 통일이
잦은 입방아에 그치지 않고
엉덩방아 찧을 몸체를 보이니 말이다.

평창 동계올림픽을 계기로
우상화에 신들린 과거도
말 못하고 저문 날의 아픔도 가고
헤어지기 얼마나 힘들었던가.

우리 이제 통일이 이룩한 번영 위에
새 아침을 맞이할 차례가 왔다.

시간은 시들지 않고

기쁨에 잠시 웃고
미움에 오래 몸을 숨겼어도
생각이 넘쳐 병이 번지는 살얼음판이다.

시간은 시들지 않고 사람은 사라져
허락된 몫을 챙기기에
햇볕보다 더 은혜로운 관심은 없음이다.

뿌리 찾기

그리움에도 뿌리가 있어
심한 갈증은 통증을 부르고
해갈의 길은 고향으로 통한다.

고향의 옛날은 가고 없는데—.

씨앗이 품은 꽃의 마음

봄은 비를 앞세우고
희소식은 겨우내 지친 몸을 일으킨다.

남과 북의 정상 간에
직통전화가 개설된다니

조심하는 도리로 우리가 지켜야 할
미래가 있는 길이렷다.

저마다 가슴 속에 차고 넘친
빛의 온기를 다독이는 밤이다.

씨앗이 기다리는 꽃의 마음으로
우리 함께 어우러질 복된 내일을 위해.

또

또 하고 싶고 또 먹고 싶은 아이 옆에
"또!"라고 엄마가 엄하게 말했다.

모자 사이 언짢은 침묵을 비집고
내 안에 또, 또가 탁구를 친다.

탁구공 소리는 과거와 미래 사이 네트를 오가며
잃어버린 그 어느 시점을 향해 간다.

'또' 가 가진 진행형은 나의 줄거리다
방금 떠난 모자는 나의 고정관념에 산다.

쓸수록 힘이 솟는 사랑의 마음이나
그 많은 말들을 뭉뚱그린 '또' 가

시대와 사람을 가리지 않고
똑같이 단정하다.

제 2 부

파도 따기

봄단장

모진 고생 끝에 낙이 있듯이
언 땅에 생명이 움튼다.

성실은 감동을 부르고
선은 고통을 줄여

우리가 못다 나눈 정 같은
생명의 더듬이가 제 구실을 하는 것이다.

생각이 생생한 느낌을 만나
새로워지는 계절 감각이

봄을 단장하는 저력으로 다가와
우리네 삶을 영화롭게 한다.

달무리

달엔 듯 미풍엔 듯
허전한 갈증이 있던 참에
오! 너를 외치는 나를 본다.

있는 듯하면서도
찾기 전엔 없는 너,
사람 사이 미덕 같은 달무리여,

맴도는 것으로 너도 너를 알려 하느냐,
캐고 또 캐는 일로 나도 나를 알고 싶다.

뒷걸음치지 않는 시간 역시
그렇게 돌아가는 한 방향이지

분명하지 않아도 허술하지 않게
다녀가는 달무리가 정겨워라.

숲길

꼭대기에서 내려다보면
숲은 절대로
사람에게 길을 내어주지 않을 것 같아도

막상 들어가 보면
놀라움이 신선한 사람과 나무 사이
만남으로 다져진 흔적이 숲길이다.

고향길

오르막을 만나면 모로 눕고
풀숲에서는 꼭꼭 숨는 길,

원두막이 오종종한 산모퉁이에
지그시 눈 감은 고향길이 보인다.

그 길에 아버지의 말발굽소리 이어지고
형제들 줄줄이 뜰아래 내려서면

대문이 열리기를 기다리며
가슴에 흐르는 눈물이 녹물이다.

추억처럼 잔인할까

추억을 문신한 고향길 가자고
손짓하는 행복처럼 짓궂을까

밤 깊은 파도소리 맞물리면
타월 수건 두른 아낙 모두가 친척이다.

다들 가고 없어도
붐비는 세월의 두루마리 길,

파도 따기

갯바위 품안에 휘돌아 든 파도를
사진 한 컷에 담아 왔다.

소리는 어디에 묻어 두고
좋아 죽겠다는 표정이다.

사연이 궁금한 갈매기 형제
허겁지겁 날아들고

속살 뿌옇게 드러난 파도
뭉클한 순간을 갈아엎는다.

우와! 쏴아아~
억겁을 걸러내는 엎치락뒤치락

내 가슴이 공명통이다
홀로 깊어가는 파도 따기다.

정연한 나무의 열정

꽃의 열정에 사로잡혀
눈멀고 귀먹었을 적에
신록의 신고식이 있었나 보다.

아니고서야,
저들의 긴장이 저리 산뜻할까.

길에, 들에, 산에 살아 정연한 나무들아!
말없이 열린 너희 열정 덕분에
우리의 생각이 푸르다.

주어진 시간은 날마다 줄어들고
할 일은 시시때때 늘어나도

심심산골 꼬부랑길을 빠져 나온 새싹이
일제히 사람의 정신을 가꾼다.

옥수수

길가에 옥수수 찌는 냄새에
나는 그만 가슴으로 입덧을 한다.

김이 서린 가마솥에 채반을 깔고
수염을 벗긴 옥수수 넣고

옛사람은 거기에, 나는 여기에
코뚜레 뚫린 마음 먹히기 직전이다.

옥수수 대궁은 등 뒤에 수런거리고
뒷걸음치는 옛날은 가슴에 무너지고

이 한 세상

한 모금의 공기와
한 움큼의 햇살 아래
한 자락의 체온을 깔고

마주 보는 우리는
그냥 있는 것이 아니야.

바다가 육지였을 때
낮과 밤이 이어지듯
만나고 헤어진 거야.

이 한 세상 이전에 그러했듯이
노닐며 거닐며

언젠가 잊지 못할
그 무엇으로 남는 거야
그것이 사람의 일이니까.

철부지 부부

싸움이 끊이지 않는 부부가 있었다.

남편에 대한 부인의 불만이 원인이었더라.

원수가 맺혀 부부가 된다든가?

그 진위를 알 길은 없어도
싸움 또한 살아가는 방식이라 세월이 훌쩍 흘렀더라.

병석에 든 남편이 마지막으로 알고 싶었다.

"임자! 당신은 이담에 다시 태어나면
어떤 사람을 남편으로 택할 건데?"

아내가 망막 깊숙이 무얼 찾는 듯하더니
"당신이야. 지금까지 공들여 놓은 바로 당신이야!"

제 3 부

한 방을 쓴다

한 생각

사람이 살지 않는 곳에도
밤과 낮이 제자리를 찾고
그에 따른 바람이 술렁이겠지.

구름은 제일 먼저 해 뜨는 설렘을 알고
늦도록 노을 지는 하루를 바라보겠지.

설산에 오른 해도 묘지에 뜬 달도
사람의 한 생각에 갇혀 있다.

영생이 있건 없건
삶이 이러다 말지 않고 돌고 돈다면
당연히 더 나은 다음 차례를 힘쓰게 되지.

지구가 앓도록 버려두지 않고
바다와 육지가 청정한 소임을 다하도록
처방하는 사람의 소리가 복음이다.

봄을 앞두고

봄을 앞두고
문득 눈이 쌓인 밤

문을 나서면
구름 위로 솟구친 듯
한동안 미진한 내가 설원에 서 있다.

눈 속에서는 헐벗은 것이 없어
맨손의 추위가 맵지도 않다.

바람이 섞이지 않고
개도 짖지 않는 틈에
귀히 오신 눈이었나 보다.

눈 감고
봄을 기다리는 씨눈을 품은 밤
나도 목화송이 속에 씨아같이 나를 발려
까만 눈으로 남는다.

삶을 우아하게 하는 그런 정적 속으로—.

힘의 실체

누가
살아있는 건 당연한 것이라던가.

우리네 삶을 보듬은 힘이
보이지 않는 실체들의
끊임없는 수고에서 비롯되거늘

그 누가
감동을 모르는 미물을 닮아가던가.

특권층 이야기

홈 페이지에 들렀다가
정든 사랑방 코너에서
특권층이라고 등록한 방문자를 발견했다.

소시민으로 살아온 주제에
그럴 리 없다고 하면서도
꼼꼼히 글의 내용을 읽고 또 읽었다.

신분을 감추려는 저의에 장난기는 드러나도
이름커녕 남녀구분도 되지 않았다.

쇼크요법이 제격이란 판단 아래 반말로 응수하기를
특권층을 길들이는 인물을 찾았으니
죄인은 자수하여 광명 찾으시라.

수세에 몰린 방문자 왈
원로급이 되고 보니
아명을 부르는 소꿉동무가 바로 특권층이더라.

이별의 노래

낙엽은 이별의 노랫말이다.
색다른 이별의 노랫말이다.

한 나무에 열렸어도
각기 다른 슬픔에 겨워

이별이 헷갈리는 색깔을 토하고
나뭇잎 떨어진다.

낙엽은 유쾌한 바람의 문자다.
가을이 읊는 이별의 이야기다.

처절한 행복

육신은
저마다
생각이 넘치는 감옥이다.

생각이
가슴을 덥히는
불쏘시개 되어

하늘 아래
하나뿐인
작품을 빚으니

열정이 녹아 든 감옥은
저마다
처절한 행복의 산실이다.

제2 연평해전

4강에 오른 월드컵 열기가 서울의 축제를 꽃피우자
시샘이 도를 넘은 북의 도발로
NLL을 사수하던 해군함정에 전사자가 속출했다.

연평해전 참전 용사들의 장렬한 정신을
태극전사에 취한 우리가 알기나 했을까,
그날의 비극은 젊은 함성 속에 묻히고 말았다.

고귀한 목숨 바쳐 지킨 이 땅에
영광을 훔쳐 햇볕정책 편다더니
이 무슨 날벼락이었더냐.

퍼주고 당하는 쓰디쓴 정책에
엉뚱한 푸대접은 유가족을 울렸지만
용감한 6인의 전사자들은 끝내 함정으로 부활했다.

아직도 북녘 땅에 널리 퍼진 동족의 아픔이
우리의 상상을 초월해 있어
인권말살 범죄자가 자멸을 자초하는 실정이다.

평화 수호 손길에 경계 있으랴
명예를 회복한 용사들은 후련한 휴식에 들고
양심이 저린 우리들은 이제 간신히 허리를 편다.

밤이 밝듯이

삶의 열정을 깔고 타고난 죽음을 묵상하노라면
영원처럼 보이는 역사의 마디는
갈등과 분열의 봉합흔적이다.

북녘 하늘 아래 영양실조 아이들과
과체중의 지도자가 똑같이
가쁜 숨을 몰아쉬는 화면에

공멸의 길을 자극하는 공개처형이
인륜을 저버리는 경지이건만
일인독재 악몽은 상시 발돋움이다.

공포정치가 손쉬운 통치수단이긴 해도
충성심을 착각한 망나니는
스스로 망하게 마련인즉

자유, 평화, 행복이란 말은 낯설어도
물 속에 빛처럼 살아남은 낱말은
기어이 삶의 꽃을 피우리니

백두에서 한라까지 뿌듯한 새 시대를 품을
우리는 서둘러 큰 그릇의 기틀을 다져야 한다.
그간의 어둠을 잊은 밤이 밝듯이.

한 방을 쓴다

늘상 하루해가 모자라고
영양인지 수분인지
무엇이 부족한 허기를 느끼면서
홈 페이지 가족이 한 방을 쓴다.

말이 많아도 넘치지 않고
웃음이 잦아도 부끄럽지 않아

다 알 것 같으면서 마저 알지 못하는
마음에는 사랑을, 삶에는 위로를,

주거니 받거니 그런 날을 살자니
충실한 만큼 진솔한
인연의 물레잣기란 생각이 든다.

제 4 부

바람을 연주하는 눈발

외톨이에게

안아보고 싶다
쓰다듬어 주고 싶다

네 얼굴에 웃음을 보고도 싶고
마음을 어루만지는 마음이고 싶다

왜 아무것도 하지 않는 거니?
어쩌자고 방안에만 박혀 있니

아무 생각 없다는 말을
어떻게 받아들여야 옳아?

서로의 형편을 참아주면서
서로의 망설임을 읽어가면서

가까워지고 싶다
새로워지고 싶다

말 못하는 마음을 글로 새기니
밤낮이 따로 없는 물길이구나.

바람을 연주하는 눈발

산 속에 눈이 내리오.
제법 가지런한 눈발이오.

바람이 다가와
눈발이 즐거워지오.

이리 쏠리고 저리 밀리는 곡선이
선율을 떠오르게 하면서

바람을 연주하는 눈발이
나를 지휘봉이게 하오.

겨울 해수욕장에서

나 혼자란 사실이 대견한 겨울 해수욕장에
파도가 베어 먹은 모래언덕이
방문객을 소스라치게 해요.

태풍 피해도 없었기에
방파제 안쪽을 깊이 파고든 바다가
괴기스럽기까지 하답니다.

수온이 오르고 수면이 높아진다 해도
겉으로 태평한 바다에
도대체 무슨 일이 일어나는 것일까요

바다와 어울린 바람결에 파도가 흔들리고
햇볕 부스러기가 내려앉아
눈물 머금은 미소로 눈앞에 아롱집니다.

우리 모두 지구의 처지로 돌아가야 하겠습니다.
우리의 지구가 건강을 되찾도록
진정 한 마음이고 싶습니다.

유능하든지 알뜰하든지

상체기가 깊어도
피멍이 짙어도
지나고 나면 아무것도 아닌 여정

유능하든지
알뜰하든지
올곧게 나가면 우뚝 선다.

우뚝 서서 우쭐하지 않으면
사랑은 오로라현상을 일으키고
믿음은 제 몸 무게마저 잊게 한다.

틈틈이 게으름을 터전삼아
상승기류에 들어보지만
테두리를 넘지 못하는 우리네 삶이어라.

막막한 사연

별과 별 사이 하늘나라 있고
몸을 떠난 혼이 모여 살고 있다면
홍수나지 않고 가뭄타지 않겠지.

땅에 발붙인 우리네 삶은 달라
지하자원이 풍부한 지상에 굶주림이 극성이라니
살길 찾는 사람들 길 떠나게 해야지.

거짓된 백두혈통 사연에 얽힌 뒤
진실을 모르는 현실 홀로 막막해서
경우 없는 곳엔 염치도 없나 보다.

이산가족 상봉이란 조명탄 뜨면
억지왕조 삼대세습 민낯이 부끄러워
눈가림 입막음 사태 나더니만

민심을 가둔 지도자가
다 죽어도 저만 살자 혈안이니
핵은 뜨고 해는 지겠지.

아이야

낙숫물이 바위를 파들어 가듯
나쁜 버릇이 함정을 판다.

나 편하자고 남을 불편하게 하지 마라
그게 뭐 중요하냐고 가볍게 넘기지 마라.

흉이 곧 미움의 틀이 되어
그 안에 갇히기 전에

작은 소리에 귀 기울일 일이다
잔소리가 거듭되지 않도록 할 일이다.

인상은 온화한 성품에서 비롯된다.
아직 다듬어지지 않은 아이야,

삼복더위

새벽이 오는가!

방범등 꺼지자
도심 한가운데
매미소리 자욱하다.

안개 짙었으니
멀지 않아 뙤약볕 쏟아지고
수박씨 까맣게 익으리라.

삼복더위가 찜통더위라지만
이따금 소나기 오고

틈틈이 산들바람 스쳐
여름살이 겨자 맛이 아니던가?

벌레는 바삐 울고
꽃들은 헤프게 웃는다.

열대야를 서성이는 사람의 마음도

과일 못지않게 당도가 높은지
노출이 심한 도심이 화사하고

삼복더위 무르익은 인파가
자연 속에 그 무엇보다 값지다.

멋진 녀석

천둥소리가 능선을 타고
사나운 빗발 사이로 바람이 숨을 몰아쉽니다.

행인의 우산이 속살을 보이고
구겨진 우산은 바람에 쓸렸어요.

그는 금방 어디론가 사라지고
보도엔 흉물만 남았습니다.

빗소리 잦아들면서 젊은이가 돌아와
우산의 잔해를 들고 갑니다.

그는 멀리 가지 않고 몸을 피한 곳에서
그가 버린 쓰레기를 본 것입니다.

뉘 집에서 가르친 몸가짐일까요.
그와 그의 부모님을 향해 엄지를 치켜듭니다.

보경사 계곡

포항시 송라면 보경사 계곡에는
코스모스 꽃밭이 마을을 이루었다.

열두 폭포를 거치면서
가파른 길을 달려온 물이
한숨 돌리는 거기,

유서 깊은 산사의 인경소리 들으며
잠을 깨는 세상을 향해
코스모스 밝은 웃음 일러준다.

침묵을 대신하여
마음에 새겨둘 자비의 흔적이다.

노송의 품위가 돋보이는
보경사 깊은 계곡 고요가
그로 인해 그지없이 향기로워라.

제 5 부

거룩한 용사

천안함 피격소식

삼월 이십육일, 천안함 피격소식에
나라 안이 온통 참담한 지경임에도 봄은 꽃을 피웁니다.
어쩌다 우리는 꽃을 볼 염치조차 없게 되었을까요.

서해안에서 침몰한 우리 해군함정 속에는
수십 명의 병사들이 갇혀 있어
일기예보에 신경이 곤두선 우리네 가슴은 무덤입니다

군경은 위험을 무릅쓰고 민간은 생업을 포기하고
일제히 구조에 나섰건만 인양작업은 어찌 그리 더딘지
막무가내인 하늘도 바다도 한없이 원망스럽습니다.

국제사회가 주목하고 지혜를 모았으니
사고 원인이 밝혀지는 대로 적은 생매장되겠지요.

우선 거친 바다로부터 용사들이여 돌아와 주오,
그대들 위해 목 놓아 울 수 있도록
사무친 이름들을 빠짐없이 부르게 하오.

길이 기억될 조국의 영광이 그 이름을 받들어 모시리다.

20일 만에

차갑고 어두운 바다 깊은 곳에서
먹통 20일 만에
주검으로 돌아오신 천안함 해군 장병들이시여,

장하고도 자랑스러운 영정사진을 일일이 익히노라면
피격 당시 충격이 국민적인 저주가 되어
적의 소굴을 괴멸할 괴력으로 뭉쳐집니다.

우리의 뜨거운 울분으로 언 몸을 녹이시어
그 동안의 두려움 잊으시고
그대들은 영원한 하늘나라 영화에 드소서.

대비하고 응징하고 분쇄하리다.
공격이 곧 반격이 되는 기술을 다짐하는 길에
그대들의 희생이 불을 밝히면

적이 감히 도발하리까.
공멸을 자초하는 만행은 없으리다.
밝고 맑은 하늘 우러러 조국을 품으소서.

거룩한 용사

– 한주호 준위님 영전에 바칩니다

백령도 인근에서 두 동강난 천안함 침몰현장은
빠른 물살 지역에 칠흑 같은 어둠 속이었습니다.

해난 구조대와 첨단장비가 총동원되었어도
한 주가 지나도록
구조되지 못한 해군장병 46인의 생사를 알지 못합니다.

억장이 무너진 유가족 곁에 우리는 아무것도 할 수가 없고
원인이 밝혀지기 전에 우리는 아무 말도 할 수가 없습니다.

하마나! 하는 사이 담대하고 희생적인 특전단 대원들은
당대의 만형이신 한주호 준위님을 잃었습니다.

본인은 최고의 경력과 지식을 갖추었으나
자식 같은 젊은이들 위험을 챙기느라
자신의 안전을 놓친 것입니다.

군은 나라가 위기에 몰렸을 때 우리의 방패가 되었지만
그 많은 순국 희생정신을 우리는 얼마나 기억하고
그 이름을 들추어 우리 얼마나 감사하는지를 뉘우치면서

내일은 우리의 영웅, 한주호 준위님을 떠나보내는 날입니다.

실종자 구조와 사고원인 규명이란 간절한 과제를 숙지하면서
삼가 고인의 명복을 비오니 편히 쉬소서.

전시도 아닌데

전시(戰時)도 아닌데
깊은 밤바다 병사들이 휴식에 들었을 즈음
포격을 하고 달아난 만행이 있었다.

동족이라는 이름이 올가미 되어
국제사회 이목에 몸둘 바를 몰라도
우리는 앙갚음 대신
아파하는 잔해를 거두어들인다.

휴전 중에 야간 기습을 한 망동은
철퇴를 맞아 마땅하고
초계함을 공격한 행위는
국제규범을 우롱한 처사라 했다.

우리 언제까지 야비한 상대에 당해야 하나
더는 북의 속임수나 노림수에 먹혀들지 않고
거짓을 비웃어 거듭날 기회는 기적처럼 오리니
자손만대 다짐하고 뉘우칠 교훈이다.

출신 성분이 족쇄인 독재치하의 북이나

정쟁이 병폐인 정치가 골치인 남이나
발전을 좀먹는 불의 앞에 몸을 사려
울부짖는 역사의 비겁자 되랴.

신고해 주오

천안함은 돌아왔는데 실종된 여섯 명은 영영 어디로 가셨나요.
비록 두 동강이 나도 함정은 돌아와 침몰원인 규명에 나섰으니
우리의 용사들이시여, 주검으로라도 돌아와 신고해 주오.

젊은 희생은 늘 우리의 안일을 매질해 왔습니다.
여러분 역시 국방의 허점을 고발하기 위해
끝내 그 이름도 간절한 별이 되시렵니까.

그러시거든 그리 하소서.
마음이 닳도록 그렇게 모시리다만
때가 때인지라 지금은 그리 마소서.

철저한 응징 수단을 갖추어 통일을 앞당기는 그날,
빈틈없는 나라사랑을 일깨운 그대들에게
역사를 장식하는 장엄한 새벽별의 행운이 있으리다.

올가을 몫

가슴에 불씨를 담은 가을이 산을 내려오고 있다.
잃어버린 사랑의 이름으로 목마른 사람들을 찾아오고 있다.

무쇠 솥처럼 달아오른 올가을 몫으로
우리는 무엇을 녹이고 무얼 챙길 것인가

불꽃 없는 불의 열정으로
자신을 채찍질하는 가을이 오고 있다.

46인 희생용사 영결식

2010년 4월 29일 열시 정각에
TV로 생중계되는 46인 희생용사 영결식은
추모 사이렌을 시작으로 묵념에 들었습니다.

전 국민이 지켜보는 영결식장은
자욱한 국화향기 머금은 영정사진 앞세워
영혼 깊숙이 애끓는 민족정신을 교감하는 자리입니다.

이제 국방 의무에 바친 청춘일랑 갑옷처럼 벗으시고
부드러움이 깃들어 있는 꿈길로 돌아가
우리가 받드는 빛 고운 안식에 머무시오소서.

비극을 떨치는 조총소리 전국에 울려 퍼지고
눈물의 군가가 멍든 가슴의 응어리를 토한 데 이어
군함은 일제히 우람한 추모의 기적을 울립니다.

장하고 자랑스러운 영령들이 가시는 길에
조국은 장엄한 예를 갖추어
남은 이들로 하여금 살아있는 도리를 다하게 합니다.

지구가족의 애도 속에 호명되는 여러분의 명예는
통일의 염원이 줄달음치는 길에
점점이 빛나는 이정표입니다.

우리의 오늘은 더 나은 내일의 시작이며
영결식은 끝나도 역사는 끝간 데를 몰라
시공을 초월한 그리움은 함께이오니 부디 행복하소서.

코스모스

소리 없는 바람에도 흔들리는 꽃,
가지각색 온화한 코스모스 빛깔에도
꽃을 꺾는 마음들이 넘보지 않아서
여린 모습에도 위안이 따릅니다.

달빛 아래 무리지어
돋보이는 아름다움은
서로 의지하는 우정의 길에
잃어버린 시절로 통합니다.

소득 없는 작물 대신 코스모스 심어
가을을 가꾸는 마을에 들렀다가
그 명성에 밤잠을 설친
불평 또한 이색선전입니다.

갈색 가을

산허리를 감은 오솔길에
낙엽이 쌓여
사람의 발자국을 삼킨다.

허황된 욕심을 접고
본연으로 돌아간 갈색의 산에서
흙을 돋우는 일념을 읽는다.

도끼자루 썩는 줄도 모르고
가정의 윤기를 유지하기 위해
고심하다 바닥나는 주부의 일상같이.

제 6 부

초록빛 숨결

초록빛 숨결

이미 작업에 들어간 봄은
초록의 생리를 자극하는지

산에 들에 나무에 뿌리를 둔 연초록이
떠돌이 수분을 빨아들인다.

목덜미가 시린 시절 떠꺼머리총각이
봄 처녀의 분 냄새에 반응을 하듯

현대에 잦아든 초록빛 숨결이
싱싱한 알음알이에 눈을 뜬다.

사람에서 태어나는 외로움이 싫어
흙을 헤집는 수고가 통일로 통하기에

반역자들

보훈의 달 6월에 방산비리 연루자들이 줄줄이 잡혀간다.
전 · 현직 군 장성이 요소요소에 진을 친 반역자들이다.

아직도 돌아오지 못한 6.25 전사 장병 유해가 13만인데
자손을 적의 포격 표적 앞에 수시로 몰아넣는 꼴이었다.

우월한 국력만이 적의 도발을 예방하는 현실에 비추어
국고를 축내고 국방을 허물면서 사욕을 채운 집단은

배신의 고통이 골수에 사무치는
착각에 살도록 종신형에 가두어라.

바다와 육지를 가리지 않고 쳐들어오려는 적을 상대로
근심이 진심이 되도록 피 흘리는 국민감정에 지혈이 되면

조국이 강국이 되는 엄숙한 길에
자식을 차례로 군에 맡긴 어버이들 긍지 있으리.

파란 바람

산에 살지 않았건만
삼층에서 산 지 사십여 년에
녹색이 울울한 바람이 분다.

나무들 어렸을 적에
날마다 마주한 시간을 사로잡고
녹음에서 태어나는 바람이다.

왜 사니, 왜 쓰니 묻지 않고
청보리밭에 살던 고향바람은
기억을 물고
하늘을 품고
가슴에서 거듭나는 파란 바람이다.

능력에 못 미치는 근력 때문에
삶과 앎이 골몰한 바탕에
방향이 궁금한 의문의 바람 분다.

방관자들

모욕과 구타 같은 선임의 앙갚음을 뻔히 알면서
나태하고 무책임한 상급자들은 저들 편하게만 지냈다.
그들이 역겨운 가혹행위에 힘을 실어준 방관자들이다.

언제 어디서나 상관이 내무반에 불쑥 나타나
부하들의 안전을 눈여겨보았던들
악습에 익숙한 병영문화가 윤 일병을 죽였을까.

수시로 사악한 사건이 터져 나와도
쉬쉬하다가 들통 나면 뒤늦게 엄벌로 가림막을 치는
군 내부 지휘체계의 고질병이 부끄럽다.

힘없는 다수의 자식들 일이 진짜 나랏일이다.
윤 일병 악몽을 저지른 악마들이 근본을 흔들기 전에
의무는 있고 보호는 없는 군민관계를 청산하라.

잠을 설친 빗소리

잠결에 들리는 빗소리가
나선형 계단을 오른다.

잠자리를 떠난 잠이 나를 끌어내려
공허하고 허술하고 심란하다.

바깥에 흙탕물이
내 안에 구정물 될 위험이 있어

내가 안은 근심도 내가 끼친 유감도
동작을 멈춘다.

어둠이 고르지 못해도
밤은 잠을 그르치지 않아

잠을 설친 빗소리도 푸근하게
나선형 계단을 오르고 또 오른다.

눈물 나는 희망

몸이 말이 아닌 사람과
마음이 말이 아닌 사람이
마주 보고 웃음을 교환하네.

웃음이 울음을 닮아
마저 웃지 못하는 산자의 땅에
희한한 죽음의 강물 흐르네.

항암효과를 노리고 있는
벼랑 끝 사람의 시간이 눈부셔
눈물 나는 희망을 혼자서 보네.

먹기 대회

살기 위해 먹으면 사람이 되고
먹기 위해 살면 짐승일진대

그처럼 소중한 음식을 두고
많이 먹기 대회 행사를 한다.

상술에 홀려선지
상금에 팔려선지

귀한 몸을 홀대하는
추한 장면이다.

짐승도 그런 짓은 하지 않는데
사람이 짐승만 못함을 겨룬다.

큰언니

몸은 갔다지만 마음까지 영영 떠나갔을까.
언니 따라 나들이 온 이 세상인데—

이민 간 조카가 찾아와 '이모!' 하고 나를 부르면
나는 그의 얼굴에서 큰언니 모습을 찾고
조카는 내 안에서 저네 엄마 마음을 읽는다.

도대체 큰언니는 어디로 갔을까
남들은 이따금 꿈에도 보이고
한때나마 생전처럼 함께 있다 했거늘

이래도 내가 가면 마중 올랑가?
너무 지체했다고 꾸중이나 할랑가?

믿거라! 하다가도 의심이 나서
우리 사이 강폭은 넓어져 가는데

나 혼자 남겨두고
못 다한 이야기 버려두고
마음마저 영영 떠나갔을까!

물레방아

물길 따라 흐르거나
세월 따라 흐르거나
하늘 아래 함께 저무는 것이다.

늙는다는 것은
힘겹게 자기를 잃어가는 것이다.

막연한 갈증 속에
돌아가는 굴렁쇠나
기억의 물레방아나

제 7 부

놀라운 세상

깜짝 방문

– 북녘 인사 삼인방

운수대통인 줄 알았었지.
원수가 사랑을 고백한다 한들
그처럼 조마조마했을까.

한 사람으로 족한데 세 사람씩이나
샛길을 택한 깜짝 방문은
우리들을 꿍꿍이속으로 몰아넣었다.

호들갑 잔치마당에
민망한 군복차림이나
꺼림칙한 그들의 동선이 우릴 실망케 해도

평양하늘에 노을빛 같은 따뜻한 인사말 한 마디에
아시안게임 폐회식이 끝나도
우리들은 행복하다, 마치 몽유병 환자처럼.

꿈길에 통일조국은 영세중립국 되고
광복 70돌을 기반으로 높아가는 노른자위 정신이
후손의 땅에 기틀을 세워줬으면~

삽짝문

해묵은 그리움은
기억 속에 반쯤 열린 삽짝문이다.

싸리나무 울타리에 두 팔을 두르고
언제 적 기다림이 그렇게 여물었든지

살짝 밀어붙이는 손길에도
안방 문이 열리는 의리에 살았다.

보고 싶은 얼굴이 거기 없을세라
결코 열지 않을 나만의 문은

사투리 이름에 걸맞게
나랑 같이 쓰러질 운명의 문이다.

초록이 거나한 계곡

봄비 걷힌 길을 걸어
연무 속 계곡에 이르니

물길은 비를 받아 넉넉하고
초록은 비를 맞아 거나하다.

산에 있으나
집에 있으나

모자람을 채우는 일념으로
냉이 캐고 쑥을 뜯자 했는데

막상 들여다보니
갓 태어난 그것들을 해칠 수가 없어

봄기운을 입에 문 인사말같이
보고 또 보다가 그냥 오고 말았다.

지진의 진상

크리스마스 연휴에 관광객을 덮친
지진의 진앙지는 인도네시아지만
엄청난 여파는 아프리카 해안에 이르렀다.

세계가 한 가족을 이루는 정보화시대
해일이 앗아간 인명피해는 10만을 헤아리고
뉴스 속 봉사정신은 일벌처럼 분주해도

일그러진 현실은
필름을 되감듯이 회복할 수 없는 것이
사건과 사람의 관계인가 보다

지도상의 위치가 바뀌고
지구상에 참상이 일어나도
우리의 하느님은 어디에 계시온지,

인간의 경배 속에 우뚝 서신 신들 앞에
믿음으로 일생을 거덜 낸 우리네
인간사 부질없어라.

고향사람

누가 태어난 곳을 고향이라 하는가,

소꿉친구들과 어울리던 뜰이 있고
채마밭을 가꾸던 나눔의 고장이 고향이지.

부모님 귀향길에 실려 간 아이는
낭만이 도사린 산천을 끼고

추억을 되새기는 기억에 실려 살아왔는데
이엉처럼 엮인 인연에 기대어

고향을 밝히게 된 때로부터
은근 슬쩍 따돌림 당하는 수가 있다.

거기서 태어나지 않았다는 이유만으로.

타향에서 익힌 호의를 고향에서 홀대하긴가.
태어난 곳에서도 자라난 곳에서도 외지인 취급이라니

이곳 말고 다른 어디에 고향이 있다고….

오직 사랑만은

도구는 써서 무디어지고
두뇌는 쓰지 않아서 무뎌진다.

생명이 있는 것과 없는 것의 차이가 이러하듯
사람의 덕목 역시
보이는 부분과 보이지 않는 부분이
실속과 무게와 길이와 깊이에 있어 크게 다르다.

오직 사랑만은
그 모든 경계를 넘어
쓸수록 불어나도 넘치지 않더라.

놀라운 세상

TV를 보고 있으면
놀라운 세상 호젓한 곳에서

미지의 세계를 펼치는 사람들이
우리네 삶을 융성하게 한다.

억겁의 세월을 쥐락펴락 하는
탐문 탐방이 있는가 하면

진화에 변혁을 꾀하는
미세작업이 미래를 연다.

과학에 힘입어
과제를 안은 시작처럼 순수할까

새로워지다 말고
실망을 곱씹는 논쟁처럼 복잡할까

사무친 흔적이
사람 사는 세상 이해를 돕는다.

동경(憧憬)의 세계

– 초당(草堂)의 '雲中白鶴' 을 보며 –

눈을 뜨면
운무 드리운 골짜기에 한 마리 학이 있다.

학은 날갯죽지를 늘어뜨리고
편히, 그러나 골똘한 생각에 잠겨 있다.

언제나 나와 한 방향을 보고 있어
나도 모르게 학의 가슴에 내가 잠긴다.

궂은날 땅을 기던 고충은 이제
맑은 날 뜬 구름 자리에 오르고

초당(草堂)의 신기가 붓에 내린
학의 몸체에 하늘의 정기가 서려 있다.

묵향에 사로잡힌 운중백학(雲中白鶴)이
치열한 예술혼을 숨 쉬는 것이다.

눈을 감으면 학이 뜨고
동경의 세계를 하늘이 받들었다.

모두가 제왕이다

광활한 우주 속에 지구인은
길을 열고 바다를 캐고 그리고 산을 뚫는다.

고심 끝에 하늘을 날더니
결국 시간여행 시대를 시행 중이다.

아득하나 암울하지 않은 미래를 내다보면
모두가 모두에게 나름의 제왕이다.

굶주린 인민을 쥐 잡듯 하는 공포사회 실상에 비추어
사생활이 소중한 우리는 분명 먼빛의 제왕이다.

제8부

귀소본능

눈부신 오월

생명 있는 것들이
활력에 차있는 오월이 눈부시다.

열린 창 너머
햇살은 뽀얗게 분살이 오르고

대지에 푸른 기상이
가정에 싱그러운 힘을 불어넣는다.

땅 위에 모진 마음 사라지고
하늘 아래 어진 마음 돌아오는 시기다.

가난이 감히 어딜 넘보고
불협화음이 어딜 기웃거리랴.

5월을 고비로
노력한 보람이 녹음을 찾아든다.

영덕 해돋이 공원

동해안 강축도로 중간 지점에
영덕 해돋이 공원이 있다.

앞가슴에 창창한 바다만큼이나
등 뒤에 첩첩 산을 거느렸다.

절벽은 온통 야생화 화단이 되고
오솔길이 해안선을 구불구불 기어간다.

우람한 몸통을 자랑하는 풍력발전기가
주름진 뒷산 능선을 장악하여

바람의 날개가 침묵을 자아내고
골 깊은 어둠은 태초의 숨을 쉰다.

동해에서 솟아오른 해님이
행여 쉬어 가실세라.

초당이 옮겨 쓴 윤선도 시비가 있어
참담한 그리움이 명품으로 바뀌었다.

귀소본능

죽을힘을 다해
태어난 곳으로 돌아오는 고기떼나

탈북을 위해 목숨 건 이주민이
다 같은 해바라기 정신에서 비롯된다.

바다에 자유로운 유영도
육지에 장애가 많은 월경도

배꼽 속에 감추어진 본능이
일깨운 가르침이거늘

널리 퍼진 두려움 무릅쓰고
살아남은 현실은 축복이다.

탯줄로 이어진 산천에 돌아왔어도
남은 괴로움이 있다면

태초의 평화를 닮은 통일이
귀소본능의 가치를 도우리라.

마무리

이따금 생애를 갈무리하듯
주소록에 남아있는 이름을 훑는다.

웃는 모습은
허전한 가슴을 채워주고

덤덤한 모습은
등 뒤의 바람을 막아준다.

상대의 웃음을 보기 전에
내가 먼저 웃어주는 만남이언만

어인 뚝심인지
무소식에 마냥 태평하다.

마무리를 앞두고도 이러하거늘
여기가 정녕 인연의 소굴인가.

옛말

뱃속이 편해야 한단 말에는
위장만 있지 않고 마음이 들어 있었더라.

사지가 멀쩡해 가지고란 말에도
팔 다리 못지않은 정신이 실렸었지.

문맹시절 할머니들은
뼈있는 말도 부드럽게 옮기셨어,

많이 배웠다는 우리들은
몸에 좋고 마음에 맞는 말을 고를 줄 몰라

잔소리 아니면 큰소리 되지만
옛말은 순하고 부드러워서 부작용이 없었다.

붉은 계곡

갈무리 끝난 가을 들판을 지나
사랑이 울적한 사람들이
붉은 계곡 깊숙이 찾아들었다.

때마침
흥분한 가을이 순간을 띄울 욕심으로
피에 물든 자리에 누워 있었다.

할 말을 잃은 사람들 사이로
단풍잎은 계속 떨어지고
충혈된 기운 뻗쳐 인파마저 붉더라.

설 연휴

설 명절 양쪽 끝에 징검다리 연휴 있어
그 어느 해보다 길다고 하더니

정 따라 모였다가 일 따라 헤어져
얼떨결에 덩그런 빈 집이다.

고단한 잠자고 나서 마음을 추스르니
삶과 꿈이 별반 다르지 않다.

남은 삶이 섭섭한 마음을 가두는 일이요
바삐 돌아가는 세상과 화해하는 일이다.

나를 저민다

추위가 몰아치고
술 취한 노숙자가 뒹구는 밤에
뉴스 화면이 소개한 현장은
나를 포함한 구경꾼을 죄인이게 한다.

방에서 자고 싶다던 그들의 절규가
가슴에 메아리치고
무작정 울고 싶은 무기력증이
방안에 먹물처럼 번진다.

허술한 동정심과 미련한 양심이
서로를 탓하는 동안
안전판에 박힌 나의 가난이
가뜩이나 왜소한 나를 저민다.

울산바위

미시령 마루턱을 막아서는
거창한 울산바위에 기가 질려
지명을 바위에 지칭한 내력이 궁금하다.

세속적인 이야기로
울산에서 출발한 바위가 금강산을 가다 말고
일만 이천 봉우리가 채워졌다는 소문을 듣고
설악에 눌러 앉았다 한다.

불을 뿜고 물을 굳힌
난리통에 태어난 기암괴석이 아니다
신화를 거느린 군주의 위상이다.
지축에 뿌리를 두었음직한 위용이다.

울산바위로 하여 설악이 뿌듯하고
그로인한 뿌리 생각에
아무도 따르지 못할 자긍심이
저마다 저만의 성을 쌓는다.

제 9 부
순한 갈등

사춘기

봄은 올 듯 말 듯
기다리는 마음을 시험하는 시기다.

꽃이 될지 잎이 될지
모르는 싹이 움터서

뿌리 사랑이
심한 몸살을 앓는다.

참을수록 길어지는 길들이기에
지레 지친 땅기운이 식어가도

봄은 봄대로
만만치 않은 복병을 만났다.

어른들의 썩은 가슴에
뿌리 내리는 봄이 미워라.

가을 호반에서

파란 물 머금은 하늘이 내려앉아
숨죽인 호수도
비단 잉어를 자랑할 때만은 가슴이 요동친다.

빈 곳을 눈여겨보게 하면서
시간이 질질 끌고 가는 기다림은
나를 누군가의 연인이게 한다.

묵상이 불편하지 않은 벌레도 혼자여서
온갖 것들이
자기만의 세계에 열심이기에

마음이 머무는 하늘과
하늘이 머무는 호수가
다 이 순간에 맡겨진 내 것이다.

아름답지만 슬픔이 많은
가을 단풍 때문에
웃음을 잃은 생각이 호수 위를 떠돈다.

미인

얼마나 아리따운 마음을 가졌으면
저 눈이 저리 맑고 어여쁠까.

얼마나 향기 나는 말을 했으면
저 입이 꽃봉오리 여닫기인가.

그러려니 하면서 큰마음 품고
속으로 알아들은 칭송 덕에

저 코와 귀 모양에 복이 들고
교양이 없으면 아니 되는 귀티 나겠지

하지만 자기가 하는 일에 푹 빠져
드러나지 않는 인품만 하랴.

유성우

별똥별 쇼가 있다고 한다.
동남쪽 방향 새벽하늘에
떨어지는 유성우(流星雨)를 보겠다고
다들 떠난 집안에 앉아 있자니
혜성이 어지럽힐 지구가 심각하다.

깜깜한 우주 공간에
이 시각 지구는 대책이 없겠지,
외롭다 못해 상하면 어떡해
사람이 입히는 상처가 영광인
지구 몸 돌보기에 과학이 힘들다.

가을 그리워

유행의 꼭짓점처럼
2002년 가을은 우리를 비껴갔다.

계절 중심에 때 아닌 추위가 닥쳐
섭섭한 바람은 문간에서 울고

기다리는 마음이 닦아놓은 길에
코스모스 미리 쓰러져

달랠수록 슬퍼지는
가을 건강이 걱정스럽다.

어디선가 진하게
억새가 머리를 흔들던 가을 그리워

온돌방

온돌바닥에 배를 깔고 엎디어
만화를 보던 아이가
전기장판에 허리를 펴고 누워
구들장 착각에 빠져들었네,

아궁이 앞에 후끈한 얼굴이 떠올라
움찔한 가슴에 불똥이라니!
부뚜막에 앉았던 아이 적 마음이
온돌방 온기로 내게 있었네.

순한 갈등

잎 푸른 그늘일지라도,
햇살을 등지고 자리를 편다.
그것이 친절이든 다툼의 자리든.

밀물 썰물 철썩이는 바다를 끼고
일본을 굽어보는 우리의 기상이
엄한 이해에 길들여졌어도

내수용 발언의 오해가 거품을 물면
함량미달 오염방지 처방만으로
고단한 대립은 벗어나 있다.

강한 빛이라고 그늘을 살찌우랴마는
과거의 악몽이 꿈틀거리는 꿈 사냥 앞에
외교적 갈등이 마냥 순하다.

뿌리 뽑힌 생각

외로움이 어둠을 타는 것은
익숙하지 못해서다

외로움이 추위를 타는 것은
목숨처럼 품어주지 않아서다.

사랑이 서운해도
잘만 살라 빌어주는 어버이 마음같이

외로움을 다스리면
그 나름의 맛과 향이 우러나거늘,

외로움을 거절하지 말라
뿌리 뽑힌 생각이다.

한가위 달맞이

추석과 개천절이 같은 날에 겹쳐서
2009년 한가위 달맞이는
좋은 뜻을 알아보는 두 눈길 사이에
우리가 놓여있다.

인연이 있으면 언젠가는 만난다는
고전에 듬직하여
우리네 가슴은 말갛게 열린 하늘이 되고
우리의 소원은 세상을 품어 안은 달덩이다.

두 번 다시 누릴 길 없는 밤이라고
느슨한 나를 음미하자는데
이산가족 사연이
억울한 시간의 두께로 입혀진다.

피로를 몰아내던 순간의 낭만은 어디로 가고
달맞이 광장에서 잊혀진 이들 생각에
남과 북을 동시에 품어 안은 달빛이
요지경 속이다.

진정
사람이 이로운 날에 음력과 양력이 겹치듯이
통일이 오리라는 좋은 소식을
펴 나르는 달빛에 들고 싶다.

제 10 부

어둠의 이해

오늘을 위하여

오늘이란
살아있는 사람의 하루 중에
으뜸이다.

하루라는 항목은 없어도
세상에 대해 우리가
꼬박꼬박 지불하는 지출이다.

어떤 값어치가 이처럼 능란할까

광활한 자연이 담겨 있고
무한한 가치가 열려 있어
배정된 수치가 단정한 한,

사건사고가 피해 가는
사람의 오늘보다 절실할까

몰라서 태평한 오늘을 위하여
역사는 스스로 열심이다.

소녀여

숙제하다 말고 시심에 젖었다며
메일을 보내온 초등생 소녀여!

사랑이란 말이 들어간 시가
그중 좋다는 오늘의 소녀는
그냥 그대로 사랑이어요.

너무 어리다고 생각했는데
어린 마음에 고인 옹달샘을
내가 미처 몰랐네요.

틈틈이 한눈파는 마음을 휴식삼아
묵묵히 주어진 길 가노라면
언젠가는 시심으로 영글겠지요.

그러나 힘든 꽃망울 소녀여,
숙제는 서둘수록 좋고
시는 미룰수록 그 맛이 '짱!' 이래요.

상록수

변화를 꿰뚫는 정신이다.
한결같은 도전적 자세다.

한철 유혹에 물들지 않고
겨울잠에 들지도 않고—

자기 수련의 길에 든
구도의 목적이 아니다.

자기 방어에 열심인
무도의 수단은 더욱 아니다.

땅 언저리 곳곳에
푸른 기질 짙게 드리운

의지의 잣대로
의연히 중심을 세우는 것이다.

움막

움막은 얼핏 보기에 산 자의 무덤 같아도
실은 조상의 혼이 은밀하게 숨 쉬는 곳이었다.

흙내 맡으며 살아온 내력을 잊고
참 많이도 허황된 생각에 휘말려

최신식 옷차림을 하고 있어도
마음의 공허는 구시대 움막이었던 듯.

좀 더 적극적으로 흙 가슴을 파고든 움막은
허례허식에 동난 마음을 새살로 채워주고 있었다.

골목길 메들리

지푸라기에 엮인 굴비나
시간에 엮인 사람이나
사라져 가는 길이 별로 다르지 않다

귀족적인 성향은 도사리기를 좋아해
여러 호기심이 들여다보고

서민적인 기질은 어울리기를 잘해
호감이란 모닥불 피웠었지

골목길에 울려 퍼지는 노래방 메들리도
제 차례를 모르고
사라져가는 사람의 길을 간다.

정겨운 풀꽃

포근한 햇살 등지고 달콤한 공기 마시고
호젓하게 오르는 오솔길에 정겨운 풀꽃이 피어 있다.

이름을 잊어버린 옛 친구 모습 같아
한참을 망설여도 그 이름 되살릴 길이 없구나.

면전에서 실망을 주었건만 토라지기는커녕
위로의 말을 삼키는 풀꽃 사랑 애처로워라.

이 좋은 세상

볼 것도 많고 먹을 것도 푸짐한 오늘날에도
좁은 방에 허기진 아이들이 있어
어진 이들의 발걸음이 바쁘다

그 사실을 어떻게 아셨는지
빵집 아저씨는 팔다 남은 것들을 실어 나르시고
야채가게 아주머니도 바구니 가득 물건을 부치신다.

일부 얌체족이 있긴 해도
그보다 훨씬 많은 사람들이
좋은 일에 골고루 마음을 쓰는 이 좋은 세상.

어둠의 이해

하루가 망연히 어둠 속에 빠져든다고
사람이
산 높고 강 깊은 줄을 모르랴

어둠은
빛을 피해 있지 않고
빛을 삼켰더라.

삶이 지닌 숙제를 풀듯
내일을 위해
태초에 우리가 그러했듯이

남이섬에서

웃는 입술 모양의 남이섬은
청평호 가운데 떠 있고
태평한 숲길은 남이섬 사방에 걸쳐 있다

남이섬의 낙엽길은
사람이 일구어 놓은 길답게
나루터로부터 가을 정취에 물들게 한다.

단풍 빛을 옹호하는 상록수 행렬 또한
지칠 줄 모르는 에너지를 분출하며
독창적인 삶의 방식을 꿈꾼다.

남이섬의 낭만은 계절별로 색깔이 다르다.
고즈넉하고 화사하고 뿌듯하였기로
하루를 묵어가는 사람만이 안다

죽음의 화신인 화산재가 생명의 토양이 되듯
하늘을 가리키는 나무들의 키 높이가
나무를 심은 사람의 수고를 하늘 높이 받들었다.

제 11 부
어명이오

어명이오
내 마음의 팔순잔치
맞춤형 행복
생각의 골짜기
사월산에 주말 사람들
내 마음이 낙원인가 보오
한해의 마지막 달
두멍
한해를 마감하며

어명이오

임금님 시대가 까마득히 사라진 지금도
어명을 받드는 현장이 있다

거목(巨木)에 도끼질을 하기 전에
벌목꾼이 '어명이오' 를 크게 외친다.

나무에는 나라의 부르심을 고하고
인부에는 무죄와 무해함을 알린다.

날벼락 같은 죽음을 면케 하는 한 편
내키지 않는 손길을 위로하는 배려다

이 얼마나 인간적인가!

내 마음의 팔순잔치

일흔아홉 해 허리가 꺾이니까
말도 나누고 정도 통하는 하루가
그렇질 못해 내가 넘친다.

하루가 차서 고단할 즈음
새로운 한 주가 시작되고
시간의 허풍선이 속도를 느낀다.

먼 곳에 무공해 차가 달리고
가까이 유기농 먹을거리가 자라도
소식은 궁하고 위장은 가볍지 않아

엉거주춤한 무리 속에 도사린 체중이
살아있는 가치의 효소로 작용하는지
모자라는 생각만으로 생활이 오붓하다.

신선하면서 별스럽지 않은 기쁨이
손을 잡는 아침이면
팔순에 녹아드는 나날이 잔칫상이다.

맞춤형 행복

마음에 쏘옥 드는 정이 있고
몸에 꼭 맞는 가난이 있다.

실꾸리에 감기지 못한 시간에
생기와 다르지 않은 온기 있는 한

엉뚱한 사람과도 어색하지 않은
빛의 배려가 은총인가 싶다.

분수에 맞게 짜깁기한 개성이
고루 누려 마땅한 맞춤형 행복이기에.

생각의 골짜기

별 볼일 있느니 이별인가
가신 이들은 언제나 그늘에 드시고
저는 한가로운 이들 곁에
세월이 고인 웅덩이입니다

알뜰한 마음가짐은 복을 짓고
헤픈 씀씀이는 죄를 짓는다고
땅에서 유달리 자신에게 인색하셨으니
하늘에서 누릴 것이 오죽이나 많으세요, 들

문제풀이가 댕기풀이인
생각의 골짜기에 골이 깊어
어금니로 깨물었던 구구절절 이야기가
비밀스런 당신들의 미소로 떠오릅니다.

사월산에 주말 사람들

봄기운에 젖어든 사월산에 올라보면
음지에 움츠린 것들은 외출 준비에 바쁘고
양지에 피어난 꽃들은 빛깔 자랑에 여념이 없다.

주말이면 산을 찾는 사람들의 열성이
계곡을 달려온 물소리와 함께 대지의 힘을 부추긴다.
주중에 지친 몸도 그날이 그날같이 그늘진 마음도
햇살이 반겨주면 절로 주름살 편다.

끈질긴 생명력이 때를 만나
기력을 높이는 식물에서
사월산에 주말 사람들이
더부살이 위안을 얻는다.

내 마음이 낙원인가 보오

낯선 이가 다가와 내 얼굴에 주름이 없다 하오
안으로 주름진 거라 말을 하니
그이가 그 말을 즐기는 것이오.

근심 걱정 하나 없이 사는 사람 같다기에
그것들과 한 몸이니 따로 보일 턱 없다 했지요.
갸우뚱한 웃음이 내게로 번지오.
아마도 내 마음이 낙원인가 보오.

한해의 마지막 달

한해의 끝자락에 남은 날들이
아슬아슬하게 난간에 걸려 있다

그 어떤 잘못도 되씹지 않고
작은 칭찬이나마 곱씹으며

흩어져 사는 가족을 보듬듯이
서로를 아끼고 자숙하는 빛이다

한해의 마지막 달도 기울어
가파른 하룻길을 조심하는 나날이다.

두멍

시골 집 부엌에 아주 큰 물독이 두멍이다.
그 집 형편이나 식솔에 따라 크기나 모양새가 달랐다.

개발바람에 밀려나 이젠 찾아보기 힘들게 되었지만
기억 속에 자리 잡은 두멍은 참으로 듬직하고 번지르르했다.

땅바닥에 밑 부분이 묻힌 것에서 부뚜막에 반쯤 감춰진 것까지
그 속이 어찌나 넓고 깊은지
들여다보는 가슴이 서늘할 지경이었다.

헐린 집도 떠나간 사람들도 말고
이따금 두멍이 궁금하다

바다에 고깃배가 두멍에 뜬 종이배만 같으라고
먼 바다를 가리켜
두멍이라 일컫던 옛 사람의 혼이 서려 그런가 보다.

한해를 마감하며

깊은 산 적막이
가슴에 다가오는 시기다.

추위가 극성이어도
가난이 고초가 되지 않음 좋겠다.

밤이 길고 험해도
범죄가 없으면 더욱 좋겠다.

왠지 기대 되는 내년은
강산도 변한다는 십진법의 행운을 실현하는 해,

세계로 뻗어나는 젊은이들 열기가
국위를 드높이는 힘이 되고

위로 맑은 개혁의지가
나라의 자랑이 되면 좋겠다.

제 12 부

길 위의 기쁨

해님의 빛

해님의 힘을 실은 빛은
몸을 비추다 말고
마음 속 온갖 잡티를 걸러낸다.

굴러가든지
흘러가든지
인연을 넘나들든지

고루 곱고 순한 관심 덕에
빛에 골몰한 온갖 것이
해님을 숨 쉰다.

짐

흔히들 삶의 무게를 짐이라 한다.
영혼의 무게를 아랑곳 않는 사람들이

보통 사람들은 봇짐을 지고
실재가 없는 시간을 지키지만

잘난 사람들은 욕심을 굴리다가
눈덩이처럼 불리기도 하지

보기 좋고 듣기 좋은 사례들 말고
듣도 보도 못한 사람들이
남의 속에 피멍을 들여

생계의 허술한 짐더미에 깔려
쓰러진 죽음이 뒤늦게
우리 모두 암암리에 저지른 죄를 물어—.

길 위의 기쁨

햇볕과 바람만으로 유쾌한 미로,
그것이 인생인가 하니
제대로 자라지 못한 자유가
나를 탓하고 남을 탐한다.

알 듯 말 듯한 칭송이 가리키고
벅차서 제대로 품을 수도 없던 젊음
그것들이 허세였기에
남에게 나를 넘긴 기억과도 이별이다.

혼자 남은 나를 위해
낯설지만 홀가분한 기쁨은 어딜 가고
두려워서 뒤로 물러섰던 자유가
투명한 오해를 부른다.

진실이 부끄러워

진실은 밝혀지고 싶다
짙은 화장 밑에 숨막히는 피부처럼,
진실은 죽을 자격도 없다
인간은 신이 아니라는 위로의 말이 있기 때문에,

진실이 부끄러워 허물이 살찐 곳에
갑질이 있는가 하면
성추행을 고발하는 '미투'(me too) 사례가
역겹도록 어른이 막가는 세상인데
아이더러 열심히 살란 말을 어떻게 해….

하지만 이 땅에는
오늘의 절망을 내일의 희망으로
몰고 가는 시민정신이 있다
현실 너머 진실로.

정이 무언지

거미줄에 매달린 물방울이
햇살을 받으면 진주가 되고
구름에 가리면 눈물로 보인다.

진주도 되고 눈물도 되는
저것이 닮은꼴인 정이 무언지
자칫하면 어긋나고 아니면 지친다.

정에 주려 병들기야 하랴마는
수시로 가뭄 타는 물방울마냥
암암리에 앓는 것이다

사방에 거미줄 있어도
속 깊은 어둠을 앓는 동안
거미줄에 거미 없다.

최고의 사치

이웃집 사장 아들은
치매가 앗아간 엄마를 되찾으려
주말이면 한 방에서 잠을 잤다.

다음날 떠나는 아들을 가리켜
"저 남자가 누구냐?"

그 말을 전해 듣는 또래 친구들은
아들이 보고 싶은 최고의 사치를 누리고 있었다.

웃음결

눈가엔 잔주름, 입가엔 팔자주름
웃지 않아도 늙은 얼굴은 웃음결이다.

좀더 연륜이 깊어지면
그때는 완벽한 웃음꽃 모양을 갖출 테지만

눈도 따라 어두울 테니 지금이 적기라
온화한 친구 모습 마주하고 앉아
내 안에 흐뭇한 까닭을 밝힌다.

잠꼬대

존엄에 목맨 악바리 근성이 협박을 일삼으니
잠자리 머리맡에 등잔불이듯 위험하고 성가시다.

자해하는 자손 같은 정치인이 나와
아름다운 일본을 더럽히듯이

분에 넘친 핵을 든 지도자가 나와
단꿈 꾸는 우리의 명예를 해친다.

언제나 인품 있고 예절 바른 한 통속이 되어보나.
언제나 남아나는 물건 나누어 서로의 빈속을 채우나.

홀로 위대(胃大)한 젊은이 등살에 몸살이 나서
잠꼬대가 수시로 경계를 넘어도

고질병에 명의 없고
저울질에 의리 없다.

몽당연필

짚단을 풀어 새끼 꼬아 팔던
집의 맏딸 순이는
뭉뚝한 몽당연필을
공책에 꾹꾹 눌러 글을 썼다.

뾰족한 끝은 으스러져서 헤프다고
일부러 깎지 않는 것이었다.

연필심이 닳아 글자가 흐려지면
쓸 때마다 침을 발라 들쭉날쭉이었다.

지우고 쓰기를 되풀이하다 보면
순이 공책에는 구멍이 나고
옆자리에 내 마음은 말문을 막았다.

세월이 흘러 멀고 먼 고향길에 순이 찾아갔다.
똑똑하고 날렵하던 우리 순이는
전화 없는 시절을 살다 죽었더라.

그래도 나는 아직 순이와 나란히
그 시절 시골학교 그 자리에 있곤 한다.

이현정 열한 번째 시집

통일멀미

•

지은이 / 이현정
발행인 / 김영란
발행처 / 한누리미디어
디자인 / 지선숙

•

08303, 서울시 구로구 구로중앙로18길 40, 2층(구로동)
전화 / (02)379-4514, 379-4519
Fax / (02)379-4516
E-mail/hannury2003@hanmail.net

•

신고번호 / 제 25100-2016-000025호
신고연월일 / 2016. 4. 11
등록일 / 1993. 11. 4

•

초판발행일 / 2018년 5월 15일

•

•

값 12,000원

•

※잘못된 책은 바꿔드립니다.
※저자와의 협약으로 인지는 생략합니다.

•

ISBN 978-89-7969-774-2 03810